애틋한 마음 함께 나누고 싶은

_____ 에게

어차피
너 보라고 쓰는
이야기

· 시쓰세영 지음 ·

팩토리나인

차례

지구 저편의 너에게 31
언제부터 그렇게 예뻤나 32
현기증 난단 말이에요 33
넌 나의 보약 34
썸 타는 중입니다만 36
마음만은 재벌 38
벚꽃보단 니 입술이 39
봄이 좋냐 40
일요일 밤의 나 41
흔한 말이지만 42
족발은 언제나 옳다 44
화나니까 치킨이다 45
구남친 페북 터는 나 46
강 건너 불구경 48
너에게 바라는 것 50
삼겹살은 사랑입니다만 51
희망 고문의 시작 52
세상에서 제일 힘든 일 54
어장관리남의 속마음 58
말을 해야 알지 61
넌 너의 사랑을 하렴 63
아주 작은 데서 설렘을 주는 사람 65
내가 그 아무 일이다 66

PART 1.
썸 타는 중입니다만

옥중 상중 병중 아웃 오브 안중 12
무서워 널 잊을까 봐 15
게임이야 나야 16
내 꺼인 듯 내 꺼 아닌 너 17
매너가 사람을 만든다 19
나 촉 되게 좋아 20
인생의 진리 오브 진리 22
엄한 소리 하고 있네 23
LOL 24
미래 예언 너의 이름은… 25
카톡 안 읽는 널 위한 마법의 주문 26
1 27
연애 상담은 늘 이런 식 1 28
연애 상담은 늘 이런 식 2 29

그 영화 누구랑 봤냐 **68**

우리는 어쩌면 이토록 **69**

안 봐도 비디오 **70**

오늘의 XOXO **73**

내 마음의 진로 결정 **74**

최애 립밤 **75**

한 마리 다 주는 사랑 **76**

라면을 끓이며 **80**

졸업 축하해 **82**

빼빼로 데이인 건 아냐 **84**

화해는 이렇게 **85**

설레서 공부가 안 되네 **86**

너의 100일, 나의 1년 **89**

난 너 믿어 **91**

이럴 거면 왜 받아준 거니 **92**

그리움 계산법 **95**

잊는다는 것 **97**

하고 싶다, 너와 **100**

그렇게 확신이 없냐 **102**

죽고 싶냐 **103**

머리를 자른 날 **104**

잘자요, 당신 **107**

내 섭섭함을 잔소리로 듣는 너에게 **108**

PART 2.
꾹꾹ㅡ, 참았던 말들

오늘의 일침러 **112**

헤어졌나 보네 **114**

카톡 **115**

차단 **117**

빠지는 곳 없는 사람 **118**

시험공부는 야식이 생명 **120**

치안에 힘써줘 **121**

카톡 프사 너냐 **123**

애정이 식었다는 증거 **124**

노래는 노래일 뿐 **126**

모를 바엔 그럴 바엔 **127**

남녀의 차이 **129**

뱃속에 거지가 몇 명이지 **130**

내 카드 비잔데 **131**

김칫국을 벌컥벌컥 **132**

허니버터칩보다 찾기 힘든 내 허니 **134**

크리스마스 날 나만 이래? **135**

걘 아니야 진짜 **136**

함께해서 더러웠고 다신 만나지 말자 **138**

어떤 X이야 **139**

언제까지 그따위로 살 거냐 **141**

아는 동생 타령하고 있네 **142**

여기 관심 1인분 추가요 **144**

난 안 될 거야, 아마 **145**

너흰 나에게 모욕감을 줬어 **146**

절친 같은 소리 하고 있네 **148**

외롭다며? **149**

아ㅡ쉬운 사람 **150**

중소기업이 맨날 사람 뽑는 이유 **152**

가ㅡ족ㅡ같은 회사 **153**

너 중독증 **154**

내가 모를 줄 알았냐 **155**

감정 소모 더 이상 naver **157**

너 보라고 **158**

마음의 끓는점 **160**

우린 평생 친구 가자 **161**

사랑이 아프니 **162**

말하지 않아도 알아요 **163**

나는 나와 연애한다 **164**

너, 라면 뭐든지 ♥ **167**

너가 나의 인생이니까 **168**

전 여친이에요 **169**

유유상종 **170**

조별 과제 잔혹사 **171**

안 먹으려고 했는데 **172**

이런 사랑의 악덕업자 **175**

예쁜 게 죄라면 너는 사형 **176**

외롭지 않아 춥지 않아 **177**

너나 걱정하세요 **178**

미안해 미래의 나 **179**

커뮤니케이션의 이해 **180**

혼자 피는 꽃 **181**

보자 보자 하니까 보자기로 보이지 **182**

솔로인 척하는 너님에게 **186**

사랑한단 말로도 위로가 되지 않는 **189**

ㅋ 그게 다야? **190**

내 뱃살 **191**

눈치 빠른 너는 이미 알겠지만 **192**

너 **194**

너와 나의 온도 차이 **197**

그 언젠가처럼 **199**

내가 노가리도 아니고 **201**

이젠 안 싸운다고 좋아하는 너에게 **202**

너의 아픔이 더 중요해 **204**

결정 장애인 사람을 위해 **207**

오늘도 기다림으로 혼밤 **208**

PART 3.
세상이-먼지, 먼지처럼 느껴진 날

불금 212
그러면 다음 날 이불 찰 일도 없겠지 213
세상에서 제일 예쁜 사람 214
너는 나의 봄이다 215
꽃에 물 준다고 216
힘들었지 내가 갈게 217
난 알아 넌 잘될 거야 218
그 무슨 말이라도 221
들어주기만 해도 돼 222
비가 되어 줄게 225
힘내라고 하지 않아 227
세상이 먼지 231
남는 건 친구뿐 232
무슨 말이 더 필요하겠냐 235
심쿵 심멋 236
책임지마 237
자! 오다가 주웠어 239
화장 안 해도 돼 240
너란 녀석 크게 될 녀석 241
저기압일 땐 고기 앞으로 242

니 눈 244
넣어둬 아껴둬 245
집에 가면 뭐해 246
그녀의 마음 249
그의 마음 251
니가 참 좋아 253
독감주의 아픔주의 255
공갈빵의 기분 257
나 아직 전화번호 안 바꿨어 259
물들어 261
우리를 위한 기도 262
너 몰래 나는 기도했어 263
심박수만 15억 번 265
너라서 좋은 거야 268
이런 남편 어딨나요 269
자꾸만 비교하게 되는 너에게 271

★ BONUS PART
아직 못 다한 말이 있어 273

시를 마치며 281

PART 1

썸_타는_중입니다만

이 새벽 잠든 너는
내 맘 알까

아니
모르니 자겠지

뭐 하는지만 알려주면
뭘 하든 걱정 안 할 텐데

옥중_상중_병중_아웃_오브_안중

잊고 싶은데
진짜 잊어버릴까 봐

피씨방 아니라더니
왜 대답이 dmd야?

게임이야_나야

넌 왜 내가 힘들 때
단 한 번도 옆에 있어주질 않았니

답장 온 줄 몰랐다고
너는 말하는데

그 긴 시간 동안
내 생각 한번 안 한 거잖아

니가 좋아요 누른

그 여자 이쁘더라

근데 잔다면서

나_촉_되게_좋아

처음 본 여자가 제일 예쁘고
사귀기 전 남자가 제일 잘해주지

인생의_진리_오브_진리

부모님이 엄해서
프사에 내 사진 못 넣는다는데

너는 부모님이 엄해서
술 먹고 외박하냐

답장 빠르네
또 죽었어?

LOL

나는 매일이 곗날인가 봐
매일 널 만날 수 있으니

카톡 안 읽는 널 위한 마법의 주문

사라지지 않는 것보다

더 슬픈 건

사라지기만 하는 것

♥ 27

하지 말란 건
지가 다 해본 거

연애_상담은_늘_이런_식 1

왜 물어봐
니 맘대로 할 거면서

연애_상담은_늘_이런_식 2   ♥ 29

너는 지구 반대편에 있는 사람 같았다
시간이 흘러도 항상 정반대에 서 있던 너

지구 크기만 한 이 마음을 파고들어가면
니가 서 있을까

이상형이 자세할수록
사실 누군가를 생각하는 거래

내 이상형은 딱히 없는데
너만 보면 자세해져

언제부터_그렇게_예뻤나

야, 너 예쁜 거 알겠는데
적당히 좀 해

너무 예쁘니까
눈부셔서 얼굴을 못 보겠잖아

넌 나의 꽃사슴
내 맘을 녹용

넌_나의_보약

놀이 공원 가서
바이킹도 못 타는 내게
너는 말했지

"오빠, 그것도 못 타면서 남자 맞아요?"
"나 이거 타러 온 거 아냐."

"그럼 뭐 탈 거예요?"
"이미 타고 있는데!?"

썸_타는_중입니다만

너에게 가는 차비
너와 보는 영화표
너와 먹는 밥값
주머니를 털어 산 액세서리

돌아갈 차비가 없어
집에 걸어 가지만

나는 부자더라고

마음만은_재벌

"벚꽃놀이 가자,
난 벚꽃이 참 예뻐."

"나보다 더 예뻐?"

토라진 너를 보고
나는 말없이 웃었어

삐죽내민 니 입술에
벚꽃잎이 물든 것 같았거든

벚꽃놀이 가는 커플
하나도 안 부럽다

하,
나도

봄이_좋냐

12시에 자러 간다던
나는 어디 있지?

야, 대답 좀 해봐
대체 어디 있냔 말야

항상 생각하곤 해
너의 이름이
사랑이었다면,

예쁘다는 표현을
이 세상에서
너한테만 쓸 수 있다면,

흔한 표현이지만
마음은 흔하지 않기에
예쁜 너를 나는 사랑해

흔한_말이지만

너와 족발을 먹던 날
나는 먹다 말고 니 손을 꼭 잡았지

너는 부끄러워했잖아
근데 미안해

나는 니가
제일 큰 거 집어가는 줄 알았어

족발은_언제나_옳다

서비스 나쁘던 그 치킨 집처럼
너도 내게 소홀했지

잘해줘봐야 소용없었어

쿠폰 열 장 모아서 시킨 후의
그 실망감처럼

니 페북
아직 매일 들어가

그때보단 안 멋있네
근데
아직도 좋아

구남친_페북_터는_나

우리 화해했어요
옆 커플이 싸웠거든요

#강_건너_불구경

내가 제일 바라는 것은
나의 연인이 너이길,

너면 돼
내가 제일 바라는 건 그거야

너에게_바라는_것

너한테 뭐 좋아하냐고 물었을 때
삼겹살이라고 해서

사실 설렜어
내 배 봤니?

그만 좀 해
누가 들으면

내가 너 없으면 죽는 줄 알겠다
그거 비밀인데

#희망_고문의_시작

나는 혼자 밥을 먹어도
눈치 안보여서 좋았고

나는 혼자 카페에 가도
생각할 수 있어 좋았고

나는 혼자 영화를 봐도
집중할 수 있어 좋기만 했는데

널 혼자 좋아하는 건
왜 이렇게 힘이 들까

세상에서_제일_힘든_일

길을 걸어가는데
눈감고 맡았던
너의 냄새가났다.

그래서 그냥
스벅에 가서
악마의음료를 먹기로
다짐했다.

ⓒ人口

아, 미안 미안, 너를 좋아하진 않아. 좀 미안하긴 하지. 너는 가지라고 그렇게 들이대는데 나는 간만 보면서 가질 듯 말 듯 갖지 않으니까 말이야. 사실 너 버리긴 아까워. 니가 딴 놈이랑 잘되어간다는 말 들으면 괜히 기분이 나쁠 것 같아.

그렇다고 갖긴 싫어. 니가 나 좋아하는 게 부담스럽고, 솔직히 100퍼센트 내 스타일은 아니거든. 너랑 같이 다니면 주변에서 나만 볼 거 아냐? 눈치 보이고 창피할 거 같아. 난 쪽팔린 게 제일 싫거든.

그래도 니가 나 좋아한다니까 뭔가 으쓱하고 내가 뭐라도 되는 것 같단 말이야. 사실 니가 새벽에 나한테 보낸 장문의 카톡 있잖아? 이미 주말에 술자리에서 친구들에게 다 까발렸어.

너는 그냥 내 어장에 들어온 여자 애들 중에서도 특히 나밖에 모르는 집착 쩌는 스타일? 그 정도? 하지만 걱정하진 마, 니가 눈치 채게 만들진 않을게. 어차피 넌 단순히 우리 술자리 안주일 뿐인 걸. 깊이 생각지도 않아, 진짜 걱정 마.

넌 내가 갑질할 수 있는 유일한 사람. 적당히 밀어내다가 지쳐
갈 때쯤 다시 잡아줄게. 갑자기 새벽에 전화한다든지, 평소 하
지 않던 진지한 말을 한다든지, 그렇게 말이야. 말라비틀어진
화분에 죽지 않게 물 한두 방울 주듯이.

아무튼 너는 나한테 쓸모 있단 얘기야. 나쁘지 않지?
그러니까 오래도록 내 곁에 있어줘.
가끔씩 좋아하는 척은 해줄게. 알았지?
대신 창피하니까 단 둘이 있을 때만 말이야.

너 맘대로 넌 내옆에있는게 맞아
근데 내가 이 손을 놓으면
넌 가버릴거잖아

누군가 말하더라
이제 사랑이 쉬워졌다고

그렇게 말하는 그들의
쉬운 시작과
거기서 거기인 만남
뜨뜻미지근한 헤어짐

그들은 나이가 들수록
만남이 쉬워진다고 말하지만

난 알아,
사실 그들은
시작조차 못 하고 있다는 걸

너는 너의 사랑을 하렴
쉽지 않으면 쉽지 않은 대로
시간이 갈수록 어려워진다고 해도

큰 걸 바라지 않아

그냥 사소한 말 한마디라도

예쁘게 해주는 거

그거면 난 좋아

너는 요즘 말하더라
아무 일도 없는데 자꾸 실실 웃는다고

야, 나랑 사귀고 있는데
그게 정말 아무 일도 없는 거야?

내가_그_아무_일이다

"봤어?"

그 영화 봤냐는 니 질문에
난 안 봤다고 대답했어

"유행을 못 따라가네."
응, 그런가봐

그럼 넌 다 봤다는 거네
누구랑?

#그_영화_누구랑_봤냐

스무 개의 발가락
스무 개의 손가락

네 개의 눈
네 개의 귀

하나의 입술
하나의 마음

우리

내가 진짜 짧게 입으면 화낼 거면서
왜 자꾸 맘대로 하래

내가 진짜 그 남자랑 놀면 화낼 거면서
왜 자꾸 그 남자랑 놀래

내가 진짜 너랑 헤어지면 슬퍼할 거면서
왜 자꾸 헤어지재

안 그런 거
다 알고 있어

#안_봐도_비디오

"너 입에 뭐 묻었다."

"응? 뭐?"

"쪽!"

"내 입술."

서울대 연세대
어디 갈까 고민하다

결정했어
니 침대로

내_마음의_진로_결정

입술은 텄는데
립밤은 없고
너는 발랐길래

이제부턴
뺏어 쓰기로 했어
이리 와

둘이서 치킨을 시키려다
한 마리론 부족할 것 같았어

두 마리는 너무 많고
한 마리 반이 적당할 것 같은데

한 마리는
너 먹어

나는 이미
반했으니까

한_마리_다_주는_사랑

오늘 라면을 먹었어
니가 떠난 후 먹는 첫 끼니야
끓는 물에 스프를 넣으려고
봉지를 버리려다 스프를 버렸어
바보 같은 내가 어이없어서 피식 웃다가,
내 모습을 보는 것 같아 더 이상 웃지 못했어

난 니가 너무 좋았어
아니, 아직도 좋아
니가 날 떠날까 봐
헌신하면 헌 신짝 된다는,
잘해주면 당연한 줄 안다는 조언을
나의 피와 살이라 생각했어

난 왜 네게 솔직하지 못했을까?
난 말야, 니가 내게 뻗던 그 손을
귀찮은 듯 밀쳐내지 말았어야 했어
니가 내게 몇 번이고 해주던 사랑한단 말들에
왜 "사랑해."라고 대답하지 못했을까

난 널 이해해
물결조차 치지 않는 연못에
니 마음을 던지느라 얼마나 힘이 들었을까?
마주 쳐지질 않을 걸 알면서도,
헛 박수를 쳤던 니 손은
얼마나 비참했을까?

염치없지만 그저 하나만 알아줬으면 좋겠어
난 처음부터 헤어지는 그 순간까지
아니, 지금도 널 사랑해
내가 바보 같아서 미안해, 서툴러서 미안해,
솔직하지 못해서 미안해
미안할 때 미안해라고 말하지 못해서
너무 너무, 미안해

봉지를 버리려다 스프를 버린 나처럼
혼자 밀고 당기다가 너를 놓쳐버렸구나
스프 없는 라면을 먹다 문득 눈물이 났어. 이제야 알았어
말하지 않는 사랑은 사랑도 사랑이 아니게 만든다는 걸
사랑을 사랑인 줄 모르고 버렸던 지금에야 알았어

라면을_끓이며

쿵쾅쿵쾅

내 마음이 엄청 쿵쾅거린다.

그리고 갑자기 코가 찡해진다.

너무 그리운데 돌아가고 싶지 않은

그런 이상한 기분이다. 이 감정을

뭐라 표현해야 할까 하다가, 너무 사랑해

라고 하니까 눈물이 그제야 나왔다

ⓒ人口

축하해

근데 사실 오늘이
오지 않길 바랐어

나 너한테
아직 그 말 못했는데

졸업_축하해

감사할것이 참 많았었네, 이제 보니

빼빼로 데이라
친구들 준다고
20개 사서

얘도 하나
쟤도 하나
너도 하나 줬어

근데
1개 주려고 19개 더 산 거
넌 모르지?

빼빼로_데이인_건_아냐

너와 전화로 심하게 다툰 그날
끝을 내자며 너를 만나러 갔는데

집 앞에 나온 니가 너무 예뻐서
그냥 안아버리고 말았어

너는 시험 때문에
공부 참 많이 했었지

어젯밤에도 공부하느라
밤을 지새웠다고 들었어

그래도 하는 만큼 오르니까
기분은 좋다고 했잖아

근데 나에게 너는
매일이 시험 기간이었어

#설레서_공부가_안_되네

내가 사람들 한테
사랑을 구걸하지 않도록
사랑을 듬뿍 주시면 안될까요?

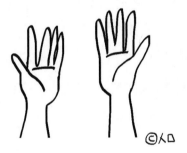

잘지내니 너의 소식은 인스타로
몰래본다. 괜히 뻔뻔하게 좋아요
누를까 하다가도 행여나 너가
착각할까 그냥 넘어간다. 나는
너없이 행복하고 잘살고 있는데
너가 대책없이 막무가내로 내게준
사랑이 진짜 사랑이었는지 너의
연애법이었는지 궁금하다.
내가 이제와서 상처를 받더라도
그게 무엇이었는지 참 듣고싶다.

©ㅅㅁ

백일 축하해
프로필로 알았어

근데 어제가
우리 1년이었어

내가 너에게 하는
연락하라는 말은
너를 구속하려는 게 아니야

그저 니가 다른 곳에 있더라도
내 생각은 하는구나,
신경은 써주는구나 하고

안심하고 싶은 것뿐이야
그리고 많이 걱정하는

난
너
믿어

그러니까
너도 날 알아줬으면 좋겠어

재밌게 놀아
이따 봐 우리

내가 잘못을 한 건 사실이야
그렇지만 더 이상은 말하지 않기로 했잖아

그게 없던 일이 될 순 없겠지만
난 항상 미안해하고 조심하고 있었는데

이제 내가 뭘 하건 간에
넌 공공연히 눈치를 주잖아

니가 나를 받아준 건 참 고마워
그렇지만 지금 너의 행동을 보면

이럴 거면
대체 왜 받아준 거니?

#이럴_거면_왜_받아준_거니

-그때 왜 그랬니?
-

너랑 나를 더하면 우리인데
우리에서 너를 빼면
왜 내가 아닐까

내가 아무리 사랑을 달라고   내가 아무리 사랑을 주어도
애원 해도 주지 않는구나.   내 마음을 몰라 주는구나,

마음에게 물었어,

"이젠 다 잊었냐?"

빤히 보던
마음이 말했어

"못 잊었어,
물어보는 걸 보니까."

내가 너에게 해줄 수 있는 것은
너의 단점들을 나열하면서 그것들조차 얼마나 좋아하는지
너에게 이야기하고
너와 차를 마실 때 컵 손잡이를 만지작거리지 않고
팔이 저려도 팔베개를 풀지 않고
입맞춤할 땐 너의 고른 치열에 감탄하고

관계 유지 때문이 아니라 너를 위해 행동한다는 걸
증명하기 위해 진땀 흘리고
니가 나의 일상이 되었다 느끼고
너의 가슴에 귀를 대고 심장소리를 듣고
태어나줘서 고맙다 말하고

너의 몸 어디에 점이 있는지 기억하고
안마를 해주고, 고생했다 말해주고
너의 숨소리를 듣고, 너에게 맹세하고
또 어기게 된 것들에 대해 사과하고

니가 서로에게 구속이라 느끼는 것에 대해 들어주고
지키지 못한 약속을 말하고, 다시 약속하고
낭만적인 데이트를 원하는
너의 기대를 저버리지 않으려 노력하고

술에 취해 전화하고 너에게 질투하고
충동적인 나의 분노의 이유에 대해
너에게 조용조용 이야기하고

너와 싸우고 난 10분 후, 너와 입을 맞추고
새벽에 자던 너를 깨워 사랑을 나누고
너의 등에 숨결을 불어넣고, 자는 모습을 가만히 지켜보고
머리칼을 매만져주고

너의 눈동자가 얼마나 넓은 하늘을 담고 있는지 이야기하고
피자 귀퉁이를 뜯어주며 너를 배려해주고
너의 몸 가장 부드러운 부분과 거친 부분을 찾아
조심스럽게 어루만지고 똑같이 입 맞추고

나의 모든 갈구를 너에게 요구하고 너로 인해 채우고
너의 눈물을 핥고 니가 생각하지 못한 기념일을 이야기하고
과장스런 몸짓과 얼굴 표정보단
잠시 동안의 정적 후에 오는 한마디 말을 해주고

♥ 100

하고_싶다_너와

바꿀 수 없는 일에 대한 눈물에 대해
위로 대신 가만히 들어주고
길을 걷다 니가 귀엽다고 했던 옷을
잊지 않게 메모장에 적고
니 김밥의 오이를 말없이 골라주는
이 모든 것을 해줄 수 없다 해도

아주 조금은, 아주 조금은
생각하고, 잊지 않고, 지켜봐주는
그런 나, 아니, 우리가 될 수 있게 노력하는 것
내가 해줄 수 없더라도
항상 생각하는 것
그런 것

난 궁금해

왜 프로필
내 사진으로 안 하는지

왜 니 부모님을
못 만나게 하는 건지

그렇게_확신이_없냐

좋은 사람 만나란 말
그 말은 좋지만

너에게 듣고 싶진 않았어
적어도 그 말만은…

오늘은 머리를 잘랐어
잘린 머리와 함께
너를 떠나보내려 했지만

어느새 다시 머리는 자라고
내 머리 안 나는 날
그날에야 너를 지울까

머리를_자른_날

자기 전에는 항상 당신이랑 통화하곤 해요
당신이랑 얘기하면 마냥 좋아요
내가 이렇게나 좋아하는 당신
근데 사실 얘기 안 해도 좋아요

당신과 통화하는 그 새벽
당신이 제일 빛나는 별이었어요
졸린데도 자꾸 당신 목소리만 듣고 싶어요
내일의 일보다 당신이 더 중요했어요

스르륵 잠드는 당신이 너무나 귀여워요
잠들 때 날 생각해주는 한마디 한마디가 너무나 소중해서
스르륵 잠들어 대꾸조차 없는데도
그냥 당신이랑 내가 서로 연결되어 있는

지금 이 순간 함께하고 있다는 그런 느낌이 너무 좋아서
귀에 대고는 가만히 있어요

당신, 당신은 왜 숨소리도 예쁜가요
살짝 올라갔다 내려가는 당신 가슴이 떠올라요

지금 당신은 내 꿈꿀까요? 꿈으로 놀러 갈래요
내가 당신의 꿈을 지켜줄게요.
사랑하는 당신, 예쁜 당신
언제나 곁에 두고 싶은 나만의 당신
잠들어 있는 그 순간까지도 나는 당신과 함께 하고 싶어요

당신 꿈꾸다가 늦잠 자면 어쩌죠
당신이 나오는 꿈이라면 평생 깨고 싶지 않거든요
사랑해요, 보고 싶어요. 예전에 나는 잘 몰랐어요
내가 이렇게나 좋아하는 사람이 생길 줄이야
나는 정말 몰랐어요

잘까요, 우리
내가 당신의 꿈을 지켜줄게요
보고 싶어요. 보고 있어도 보고 싶은 당신
어서 빨리 보고 싶어요

잘자요_당신

내가 섭섭하다 섭섭하다 하는 건
진짜 섭섭해서 하는 얘기야

너와 있을 때 느꼈던 섭섭한 것들을
해결하고 싶어서 하는 말인데

근데 넌 꼭 내가 말만 하면
싸우자는 말이나 잔소리로 알아 듣더라

있잖아, 생각해본 적 있어?
너의 그런 행동에도 내가 전혀 섭섭하지 않게
되버린단 게 무슨 의미일지
넌 생각해본 적 있니?

내_섭섭함을_잔소리로_듣는_너에게

PART 2

꾹꾹_참았던_말들

니가 잘생겨
사귄 거냐

사귀어 보니
잘생긴 거지

니가 꽃이라면
난 너의 향기에 이끌리는
꿀벌이 될 거고

니가 악어라면
난 너를 위해 봉사하는
악어새가 될 거고

니가 사람이라면
내 말 좀 들어라

오늘의_일침러

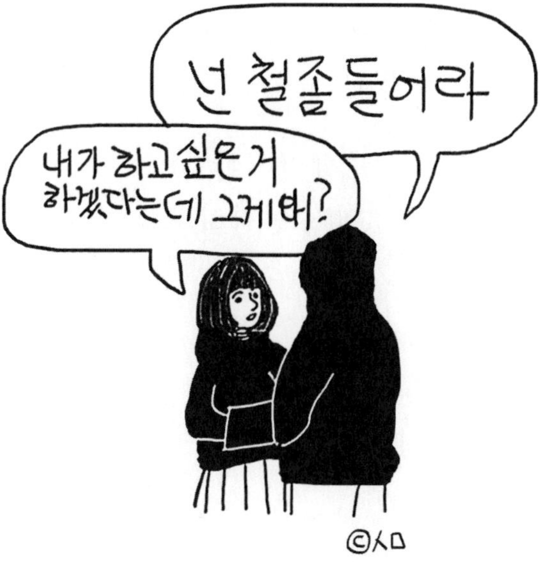
넌 철좀 들어라
내가 하고 싶은거 하겠다는데 그게 뭐?
©ㅅㅁ

웬일이야?
먼저 연락하고

헤어졌나_보네

맨날 내가 먼저 시작하고
끝은 항상 니가 내네

: 아근데 왜 절 싫어하세요?
혹시 제가 저도모르게 피해를
드렸다면 사과드리고 싶은데
연락드릴 방법을 막으시니
제 마음만 답답 하네요...
차라리 얘기해 주세요 힝
©ㅅㅁ

차갑게 대하지 마
단지 니가 좋았을 뿐이야

진짜 너는 어디 하나
빠지는 곳 없는 사람이야

물론
살도

빠지는_곳_없는_사람

밤을 새서
공부해도

오르는 건
내 몸무게

시험공부는_야식이_생명

밤에 혼자 다니지 마

위험해

주변 사람이

오늘따라 너 프사

평소답지 않게 예쁘다?

너 컴퓨터 학원 다닌다며

니가 웃으면
나도 웃고

내가 울면
너도 울었지

그런데 이제
너는 안 우는구나

애정이_식었다는_증거

같은 노래 듣는다고

같은 사랑 하는 게 아닌데

항상 착각해 난

노래는_노래일_뿐

이별이 꼭 나쁜 것만은 아니다

날 사랑해주는 사람의 소중함을 모르고 지내느니

소중함을 깨닫고 그리워하는 게 백번 낫다

얘기하면 화내면서
뭐할 건진 왜 물어봐

화내는 거 다 알면서
뭐할 건지 왜 얘기해

남녀의_차이

살찐다고 구박하지 마
난 널 밥 먹듯이 보고 싶은 것뿐이야

#뱃속에_거지가_몇_명이지

남자 친구는
해외 직구 안 되나요

예의를 호의로
착각하지 않았으면 좋겠다

김칫국을_벌컥벌컥

허니 뭐시기인가
그게 그렇게 맛있다며?

근데 내 남친도 꿀 발라 났나
어딜 가도 없어

허니버터칩보다_찾기_힘든_내_허니

너는 물었죠

자주 보던 드라마 왜 안 보냐고요
자주 보던 웹툰도 왜 안 보냐고요

무슨 일 있냐고요?

걱정 마세요
그날 다 볼 거니까

꼭 쓰레기한테만
신경이 쓰이더라

나를 좋아하지 않는 사람에게
오기라도 생기듯이

#걘_아니야_진짜

너랑 헤어질 때

사실 많이 후회했어

내가 먼저 찼어야 했는데

함께해서_더러웠고_다신_만나지_말자

나도 사랑해

근데 많이 마셨나보다

그거 내 이름 아닌데

♥ 139

멀어지게 만든 건 넌데
헤어지자는 말은 죽어도 안 하더라

헤어질 상황 만들어놓고
헤어지잔 말을
안 하는 놈이 제일 나빠

착한 사람으로 남고 싶어서
그래서 그런 거지

자기는 끝까지 착한 사람 되고 싶으니까
누가 모를 거 같니

너 데이트 중에 여자한테 톡 오니까
바로 답장하더라?

신경 쓰여서 누구냐 물으니
너는 말하지

"그냥 아는 동생이야."

야,
나도 처음엔 아는 동생 아니었니?

#아는_동생_타령하고_있네

여기_관심_1인분_추가요

세상 사람들은 참 착한 것 같아
술 마시고 클럽 갈 때면
집 가서 쉬라며 건강도 생각해주고

친구에게 여자를 소개시켜 달라 하면
운명적인 사람을 만나라며
소개팅도 안 해주고

근데 거울을 보니
말 안 해도 다 알겠더라

♥ 146　　　　　# 너흰_나에게_모욕감을_줬어

남친이랑 있는데
뭔 일 난다 걱정하면서 쫓아오고

여친이랑 있는데
단톡방에 헐벗은 사진 올려주는

고마운 내 친구야
죽는다 진짜

절친_같은_소리하고_있네

고백 받고 싶다 해서
내가 한번 고백하면

너는 항상 말하더라
연애할 때 아니라고

그래놓고 며칠 후에
프사 보면 에이 시X

너는 항상
아쉬울 때만 연락하더라

아,
쉬운 사람이구나

너에게 나는

아_쉬운_사람

시쓰세영

맨날 "외롭다 외롭다." 하고
막상 연애하면 금방 헤어지는 애들 볼 때

사람 자주 뽑는 중소기업 같아
막상 들어가면
왜 맨날 사람 구하는지 알게 되니까

중소기업이_맨날_사람_뽑는_이유

가족 같은 회사래서 입사했더니

사장은 시어머니
동기는 시누이

정말 참
회사가
족 같네

나 술 마실 때만
너한테 연락하는 거 알아?

있잖아
근데 나 매일 술 마셔

#너_중독증

좋아한단 이유 하나로
단톡방에서 넌
얼마나 날 가지고 놀았을까

지금 생각해보니
니가 내게 제일 많이 한 말은 "미안."이었어

넌 무엇을 하든 미안해했지
니 잘못이었을 때는 어김없이 미안하다 했고,

내가 그저 화가 났을 때도,
심지어 자신의 잘못이 아닐 때도 미안해했어

너는 "미안해."란 말을 모든 관계의 잡음을 없애주는
마법의 주문쯤으로 알았지

사과의 말은 할수록 가치가 떨어지는 것임에도
사과를 쉽게 생각하고 "미안."으로 때우려는
너의 행동에 더욱 화가 났어
해결은 하지 않고 변명만 하는 것 같았으니까

미안할 일임을 알고도 해놓고
다시 또 미안하다고 하는 게
사실 너에겐 제일 미안할 일이었던 거
이제는 알고 있니?

요새 되게 잘 살고 있어
나 운동도 시작했어

주말엔 강의도 듣고
잘돼가는 사람도 있는 걸

나,
요새 되게 잘 살아,
진짜야…

#너_보라고

나 정말 이제
아프지 않아,

아주 살짝 흔들었을 뿐인데도 진흙탕이 되었는걸?

©ㅅㅁ

그대는 나에게 너무나 높은 사람이어서

당신이 보여준 조그만 따스함에도

내 마음 그만 끓어버렸지

마음의_끓는점

남녀 사이에는 친구가 없다고 하는데

예외가 있다는 걸

너 때문에 알았어

오늘 사랑니 때문에
아파하는 너를 봤어

미안,
아프게 해서

사랑이_아프니

남자 친구가 잔다는 건
게임할 거란 신호

할머니가 보기 좋아졌다는 건
살 빼라는 신호

여자 친구가 나 어때라는 건
큰일 났다는 신호

봤던 영화 말하래서
로맨스라 말하려다

장르 구분하라 해서
판타지로 넣었다네

나는_나와_연애한다

"라면 먹으러 올래?" 해서
라면 좋아한다고 따라갔더니

라면은 붇고
니 입술도 붇고

사실,

너
라면
다 좋아

지금 나이 때에는
사랑 대신 인생을 먼저 생각하라는

주변 사람의 말을 듣고는
끄덕이며 알겠다 했어

너가_나의_인생이니까

만일 누군가 나에게
니가 누구냐 묻는다면

내가 "전 여친이에요." 하기보단
니가 "전 여친이에요!"라고

언제까지나
말할 수 있길

친구는 끼리끼리 논다는데
니가 딱 그 꼴이네?

친구야,
너 누구 닮아서 그렇게 예뻐?

유유상종

지금 와서 생각해보니
내 사랑은 조별과제 같았어
나 혼자 하는 것 같았고

넌 끝낼 때만 먼저 말을 걸었지
너의 이름을 지우고 싶어도
지울 수가 없더라

조별_과제_잔혹사   ♥ 171

시킬 때는 안 먹는다
말은 그리했던 니가

배달 오니 눈이 돌아
맛만 본다 다가와선

미친 듯이 처먹고는
돌아서서 하는 말이

안_먹으려고_했는데

언제고 니 눈이 나쁘길
니가 보는 내가
항상 세상에서 제일 멋져 보이길

언제고 니 기억력이 나쁘길
네게 하는 사랑한다는 말이
항상 처음과 같길

언제고 니 걸음이 느리길
내가 잠시 샛길로 새버리다 다시 돌아와도
니가 항상 그 자리이길

언제고 니가 칠칠맞길
오늘도 니가 흘린 입술을 머금고
잠을 나설 수 있길

이런_사랑의_악덕업자

시쓰세영

꽃에 비유하기엔
당신이 너무 아름다워서

당신에 맞는
예쁜 표현을 찾고 또 찾다

드디어 하나 찾았네요

당신은
당신처럼 아름다워요

#예쁜_게_죄라면_너는_사형

나도 비슷한 경험이 있다고
"너 힘든 거 다 알아." 하면서 아는 척하기보단
그냥 "너 많이 힘들구나." 하며 안아줄게

어디서 들었는데 이해의 시작은 내가 상대를
100% 이해하지 못한다는 것을
인정하는 데서 시작한대

내가 너 힘든 걸 다 알진 모르겠지만
힘들구나, 안아줄게, 다 괜찮아질 거야
니 곁에서 언제라도 말해줄게

외롭지_않아_춥지_않아

너나_걱정하세요

미안해_미래의_나

내가 너의 문을 열 때마다
니가 했던 듣기 싫던 말들은

녹슨 관계에 기름을 쳐달라는
너의 신호였단 걸

그땐 왜 몰랐을까

#커뮤니케이션의_이해

그 사람이 떠났다는 거
이미 알고 있잖아

'바빠서 연락 안 했겠지'
'피곤해서 답장 없었겠지'

너 혼자 피어나는 자기 합리花
근데 있잖아
그러다 무너지는 거야

.

너는 말했지

어제 늦게 잤다고
난 한 시간을 기다리고

친구랑 약속 있다며
난 하루를 기다리고

요새 많이 피곤했다며
그 일주일을 기다렸어

내가 그렇게 바보로 보이냐?

보자_보자_하니까_보자기로_보이지

너랑 단둘이 있는 이곳의 공기가
너무 답답하고 시간이 너무 느린것 같고
너의 눈을 마주하고 싶지 않다면
나는 너를 안좋아 하는게 맞겠지?
나도
사랑해
©ㅅㅁ

"졸리다, 나 잘게."
"응, 잘 자, 사랑해."

너 아까 나한테 잔다고 했잖아?
근데 문득 니 페북에 들어갔더니 새 글이 있더라

"외로워…"

응? 잘못 봤나 싶었어
나한테 사랑한다고 한 지 두 시간도 안 지났는데
너는 외로운 거였구나

근데 그 여자는 누구야? 처음 아는 사이 같지 않은 걸
그 여자가 니 글에서 너한테 친한 척하며
"ㅋㅋ 오늘도 외로워요?" 이러더라고

오늘도라니, 하루이틀이 아니었구나? 놀랐어
외로우면 여자 친구를 사귀라는 그 여자의 댓글에
"그래볼까? ㅋ" 하던 너의 댓글
새벽의 너한테 여자 친구는 없는 거구나, 생각했지

나 궁금한 게 한두 개가 아니야
그 여자는 나를 알까? 얼마나 이런 짓하고 다닌 걸까?
이렇게 나를 기만하는 너는 조금의 죄책감은 있을까?

그렇지만, 아침이면 너는 글 지울 거지?
아무 일 없었던 것처럼
천연덕스럽게 사랑한다 말하고
보고 싶다 말하고, 나밖에 없다고 말하고

새벽에는 그렇게도 외로웠던 니가
낮에는 안 그런 척 그렇게 말할 거, 난 이제 잘 알아
고생이다 너, 진심이야, 참 고생한다 너

그러니까 그런 고생, 이젠 안 하게 해줄게
적어도 낮에는 말야

솔로인_척하는_너님에게

하루를 마감하며 나는 기대했어
너와 시시콜콜하지만
즐거운 대화를 나눌 수 있길

그렇지만 기대와 달리
5분에 한 번, 10분에 한 번
성의 없이 오던 그 답장들

나에 대한 귀찮음과
나에 대한 무관심을 말해주는 것 같아

서운한 마음에 사랑하냐고 물을 때면
언제나 사랑한다고 대답하는 너
말론 사랑한다면서 행동은 그렇지 않은 너

말은 누구나 다 할 수 있단 걸 나는 알아
항상 니가 하던 말처럼 나를 소중히 여긴다면
항상 니가 하던 말처럼 나를 대해주길 바래

사랑한단_말로도_위로가_되지_않는

오빠

변했어

왜 ㅋ가 하나야?

ㅋ_그게_다야?

나 다짐했어

올해는 진짜

헤어지자

평생을 들여도 널 전부 알 수는 없겠지
그렇지만 널 제일 많이 아는 사람은 될 수 있어

난 노력 하나는 끝내주니까

어느 날 누군가가 세상에서 널 제일
잘 아는 사람은 누구냐고 물었을 때
생각할 것 없이 손을 번쩍 들거야

나는 널 사랑하니까

눈치_빠른_너는_이미_알겠지만

새벽 3시 반, 나직하게 조근대던
예쁜 말을 찾아보자던 너와의 대화에서

우리는 서로 하나씩 말했지

사랑스럽다
아름답다
예쁘다
곱다
오고 가는 예쁜 말들

한 글자로 된 예쁜 말에
뭐가 있을까 생각하다
조용히 미소 지었지

나는 이미 알고 있는 걸

너

난 두려워
내 진심이
너의 웃음거리가 될까 봐

내 모든 걸 줬다고 생각했는데
그 모든 게 너에겐
아무것도 아닌 걸까 봐

밤새 정성스레 빚은
나의 마음을 보고

'큰 착각 하는 거 아냐?'
하고 비웃을까 봐

나는 너무 두려워

우리는 시간의 젠가 속에서
소중한 것들을 하나하나 빼갔어

믿어주겠지 하는 마음에
믿음을 빼버리고

이해해주겠지 하는 마음에
배려를 빼버렸어

결국 무너진 사랑은
울어도 되돌릴 수 없더라

그_언_젠가처럼 ♥ 199

난 그 이야기, 우리 둘만 아는 줄 알았어
우리가 같이 했던 일들, 우리가 했던 말들,
함께 있던 시간들

전부 다 알더라, 너의 친구들이 애기했어
니가 자랑거리처럼 으스댔다고 들었어

난 부끄럽고 수치스러웠어
그래서 볼 때마다 키득댔구나?

난 그 모든 일들이
우리 둘만의 소중한 기억이라고 생각했어
그런데 너는 아닌가 보구나

우리 소중한 그 시간들,
너의 술자리 안주로 좋았니?

너는 좋아하더라, 이젠 안 싸운다고
예전엔 시도 때도 없이 내가 싸움을 걸었다며
이젠 성격 좀 죽인 것 같다고 그렇게 너는 좋아하더라

그런데 혹시 그거 아니?
너는 내가 싸움을 걸었다고 생각했겠지만
난 너를 사랑하기에
너의 행동들에 서운했고 그래서 고쳐주길 바랐던 거야
싸움이 줄어든 게 우리의 관계가 나아진 거라 생각하니?

하나 알아둬, 이젠 싸울 필요도 못 느껴서란 걸
걱정하지 마, 영영 싸울 일 없을 테니

\# 이젠_안_싸운다고_좋아하는_너에게

꽉 쥐고있을땐 이게없으면 내가 불행해지고
못살줄 알았는데 막상 놓아보니까 오히려 자유란
기분이 들었다. 있어서 행복했지만 없다고
불행한것도 아니였다. 너란 존재도 그랬으면 좋겠다.

ⓒ사므

우리가 모여서 니 얘기를 하면
항상 우린 "헤어지는 게 낫지 않아?" 하고 묻잖아

"좋을 때도 있어." 그렇게 넌 얘기하더라?
근데 하나 알았으면 좋겠어

좋을 때도 있는 것과
나쁠 때도 있는 것은 천지 차이란 걸

가끔씩 있는 좋을 때에 익숙해져서
너 자신의 아픔에 무감각해지지 마

난 니가 행복했으면 좋겠어
꼭 말이야

너의_아픔이_더_중요해

혹시 그렇지 않나요? 카페에서, 식당에서, 약속을 잡을 때도
뭘 마실지, 뭘 먹을지, 어디를 갈지 내가 상대를 맞춰주고
배려한다면서 결정을 내리지 못하고 있나요?

결정을 상대에게 미루고, 그렇게 하면서도 '내가 한 결정에
상대의 맘이 상하거나 관계가 조금이라도 흐트러지지 않을까?'
생각하지 않나요?

굳이 결정을 상대에게 미루지 마세요
억지로 신은 신발은 나중에 병이 나기 마련이니까요
오래 걸을 거잖아요? 아직 갈 길이 한참이나 남아 있어요

그 사람과 당신이 살아온 시간이 다른 만큼
그 사람과 당신이 다르다는 것을 인정하세요
취향도 식성도 성격도 다를 수 있어요
그렇지만 다른 것이 싫은 건 아니잖아요?

당신도 상대도 하나하나 맞춰가면 되는걸요
서로 말하세요
"난 이러고 싶은데, 당신은 어때요?" 하고 말이에요
서로가 서로의 마음을 맞춰가며
앞으로의 갈 길에도 불편하지 않게 배려한다면
언제고 그 사람과 당신은 손 뻗으면 닿는, 그곳일 거예요

맞춰가며 함께 걸어가세요
오래오래

너와 정말 친한 친구라고 "잘 다녀와." 말은 했지만
괜스레 신경 쓰이고 걱정되는 건 사실이야

그렇다고 내가 너에게 뭐라 하면
집착으로 보일까 봐 아무 말도 못하고 있어

참다못해 조심스레 한마디 하면
이 친구는 그런 애 아니라고 하지
나는 무슨 말을 하기가 두렵다

너를 못 믿는 사람으로 보일까 봐
네게 속 좁은 사람으로 보일까 봐
네게 집착하는 사람으로 보일까 봐

과민 반응이라며 너는 짜증내겠지만
니가 느낀 집착이 나는 걱정이었고
니가 느낀 짜증이 내게는 그리움이었어

오늘도_기다림으로_불태우고

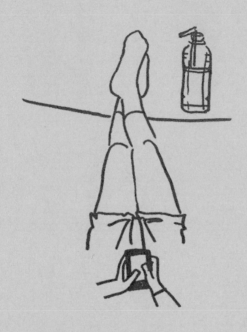

PART 3

세상이_먼지,_먼지처럼_느껴진_날

흔한 말이지만
나는 너를 응원해

내가 곁에 있을게
아프지만 마

태운 적도 없는데
나는 이미 잿더미

불금

핸드폰에 불어서 잠금해제 기능 있어야 됨
술 먹고 전화 못 하게

잠깐 거울 꺼내 볼래?
응, 너야 너

세상에서_제일_예쁜_사람

당신은 봄 같은 사람이에요

정말,

날 풀리게 하는 당신

야,
어떻게 할 거야

우산도 안 가져왔는데
너 때문에 비 오잖아

#꽃에_물_준다고

니가 일 끝나면 "고생했어."보단
"힘들었지." 말해주고 싶었고

비가 올 때면 "우산 챙겼어?"보단
"내가 갈게." 찾아가고 싶었어

힘들었지_내가_갈게

고민하렴
하지만 걱정하진 마

어디로 갈지 모르겠단 건
어디로든 갈 수 있단 거니까

난_알아_넌_잘될_거야

"밥 먹었어요?"보다는
"밥 먹을래요?"

"어디 갔어요?"보다는
"어디 갈래요?"

"안녕"보다는
"내일 또 봐요."

언제든지
해줄게요

당신이
듣고 싶은 말

내가 무슨 얘기를 하면
너는 자꾸 해결해주려고 하지

괜찮아
니가 그렇게 머리 싸매고
고민 안 해도 돼

그저 말없이
안아주기만 하면 돼

들어주기만_해도_돼

소리 내 울 줄 모르는 그대
내가 오늘 당신의 비가 되어줄게요

내 속에 숨어서 우세요
내가 더 크게 울 테니

네가 지새운 그 새벽을 나는 몰라서
힘내라는 흔한 말을 할 수 없었다

발에 차이는 조약돌 같던
힘내라는 말들

쌓이고 쌓여
어느새 너의 길을 가로막던
그 애먼 말들

힘내라는 말에는 책임이 없기에
어디로든 갈 수 있다던
너의 길을 막아버렸다

넌 이 길 외에는 없다며
말만 남고 사람은 없던

그 힘내라는 말들이
오늘도 너를 울렸다

너를 가만히 바라보다 생각했다
난 누구보다 예쁜 조약돌이
되고 싶다고

호 불고는 너의 주머니에 담겨
길을 갈 수 있는
한마디의 말이 되고 싶었다

너는 오늘도 고민했지
이력서 빈칸에는 먼지만 쌓여가고

기껏 구한 알바로 받은 월급은
식비, 방세 빼고 나니 먼지조차 남지 않네

먼지를 퍼마신 듯
숨이 턱턱 막히는 이 세상에

취업이 먼지, 학력이 먼지
너를 먼지로 보는 세상이 먼지
그것들에 눈치 보는 너는 대체 먼지

아침에 눈을 뜰 때마다
너의 모든 호흡이 한숨같이 느껴지고
누구도 너를 알아주지 않는 것 같지

그렇지만 나는 알아
모두 잠든 차가운 새벽에 나와
덜 깬 눈으로 뱉는 너의 입김

의자에 붙어 있는 일이 더 많았던
너의 번들거리던 바지 뒷주머니
늦은 밤 혼자 고민에 차 있던
너의 그 한숨까지도

너는 항상 자신이 먼지 같다고 생각했지
있잖아, 너는 잘될 거야

너의 노력과 한숨
눈물을 전부 다 아는 나니까
너는 잘될 거야

쓸모없어 보이는 먼지지만
그 먼지가 없다면
세상엔 눈도 비도 내리지 못하는 걸

그런 먼지 같은 니가 언젠가
하나의 씨앗이 되어
눈으로, 비로
모두를 품을 수 있기를

너는 잘할 거고
잘될 거고
나는 너를 믿으니까

세상이_먼지

좋은 게 좋다는 말

그럴 때 쓰는 게 아닌데도
좋을 때만 다가오는 사람들

정작 나빠지면 멀어지는 그들의 핑계들이
힘든 너의 가슴에 크게 박히는 거 다 알아

내가 항상 곁에 있어줄게
언제나 같은 얼굴로 반겨줄게

남는_건_친구뿐

기다려봐
노력해봐
잘할 거야

그런 백 마디 천 마디 말들
전부 공허한 메아리로
들리는 거 알아

그냥
많이 힘들었구나 하고
조용히 안아줄게

무슨 말이 필요하겠어
늘 곁에서
니 마음을 들을게

니가 예쁘게 하고 온 날
너에게 말했지

무너지는 소리 들리느냐고
그거 이제 니 꺼라고

\# 심쿵_심멎

쿵!
나 보고 심쿵했어?

미안, 상처 냈으니
내가 살게

야, 집은 잘 들어가고 있냐?

딴 데 가지 말고
바로 집 들어가

근데 장갑이 너무 크진 않냐

아, 괜찮다고

나 원래 추위 잘 안 타
집에나 들어가

진짜 난 한겨울에도
손 잘 안 어ㄷㄷㄷ…

오빠가 말했지?

왜 이렇게 배려심이 없어?

주변 여자들이 불쌍하지도 않냐?

화장_안_해도_돼

너 밥 먹는 사진
단톡에 올리려 했는데

금방 안 올라가더라
왜 그런가 했더니

넌 사진도 고용량이냐

그냥 그럴 때가 있다
혼자는 싫고

그렇다고 여럿이도 싫은
그냥 그럴 때

저기압일_땐_고기_앞으로

너는 참 불쌍한 사람
세상에서 제일 빛나는 걸
너만 직접 못 보다니

니_눈

사랑이라는 말 너무 쉽게 하지 말아요
단순한 호감에도 사랑을 들먹거리면
진짜 사랑할 때 할 수 있는 말이 없을 테니

"오빠"
"응?"

"오빠는 집 가면 뭐해요?"
"음, 책 보고 밥 먹고."

"잘돼가는 여자랑 얘기하지."
"아, 잘해보세요."

"지금 잘하고 있잖아."

집에_가면_뭐해

나 밤에는 데이터를 끄고 너와의 톡을 읽어보곤 해
너의 작은 배려에도 내게 보내는 신호가 아닐까···
자꾸만 착각하고 싶어져

"어떤 여자가 좋아?"
"저 여자는 어때? 예쁘지?"

혹시라도 내 마음을 눈치 채면 어쩌나 하고
시치미 떼며 지나가는 여자들에게 예쁘다 예쁘다 하는데

너는 심드렁하더라, 넌 그냥 여자가 싫은 걸까?
유일하게 한 가지, 긴 머리 여자를 좋아한다는 건 들었어

있잖아, 있잖아, 그래서 말야
언제나 긴 머리를 못 견디고 잘라버리는
짧은 머리만 고집하던 내가 이 정도나 길렀다?

내 머리가 다 길면, 혹시라도 니가 날 좋아하게 될까?

난 참 아리송해, 우리가 서로 호감이 있는 걸까?
아니면 나의 착각일까?
나의 착각으로 혹시나 우리 관계가 깨지면
어떻게 하나 하고 걱정이 돼

요즘 밤에 너의 톡이 늦을 때가 많잖아
나를 귀찮아하는 걸까, 아니면 너에게 남자가 있는 걸까,
나는 걱정이 돼

근데 너 참 바보야,
니가 이 여자 저 여자 가리키면서 예쁘다고들 하는데
너는 모르나 봐

니가 제일 예쁜데 말야
난 다른 여자가 눈에 안 들어오는 걸

나 너의 질문을 듣고는 혹시나 눈치챌까 봐
긴 머리 여자가 좋다고 해버렸어

내가 왜 그런 말을 했을까?
그날 밤 나 혼자 이불만 뻥뻥 차댔어

근데 너 머리 꽤 길었더라?
나 이제는 긴 머리 여자가 좋아지려고 해

매일 일상과 함께
너에게 연락이 온다

생각해보면
항상 별다를 일 없는
그런 날인데도

아침엔 잘 잤냐고
점심엔 잘 먹으라고
밤엔 잘 자라며

항상 당연한 걸
당연하게 물어주는
니가 참 좋아

어느새 내게 스며
나의 일상이 된 너
니가 참 좋아

아픈 이별로
예방접종 해도

감기 같은 사랑은
매년 다르게 오더라

살면서 거짓말만 늘어가는 것 같아
남의 눈이 신경 쓰여서

다른 사람의 평가에 신경 쓰며
정작 나를 잊어가고 감추고 있어

어느새 내 자신보다 거짓말의 껍데기가
더 두꺼워진 기분이야

나 자신만이라도 나를 속이지 않기를
사실 나는 바라고 또 바래

나는 항상 그립고
너는 가끔 그런 거 알아

전화해
니가 세상에서 혼자 운다고 생각될 때

언제나 그랬던 것처럼
3초 만에 뽕 받고는

무슨 일이야?
전화해 물어줄게

나_아직_전화번호_안_바꿨어

이제와 생각해보니
나의 색으로 너를 물들이고
안심이 되었나 보다

내 것이라 생각했더니
저만치 뒤돌아선 너를 보고
화가 치밀었나 보다

내 색에 빛바래
다른 색으로 조금씩 변하던 너를
왜 다시 칠하지 않았을까

빛바랜 너를 생각하며
아직까지 변하지 않은
너의 색으로 물든 나

내가 사랑하는 니가 나를 사랑하길
나를 사랑해주는 너를 내가 사랑하길

우리 최고의 순간이 엇갈리질 않길
서로가 사랑할 때 함께 사랑할 수 있게 해주시고

만약 우리가 예기치 못한 이별을 맞이할 때도
둘의 마음이 함께 떠나게 해주시길

그렇지만
사실은 언제고 떠나지 않기를

우리를_위한_기도

뭐가 그리도 맘에 안 드는지
하루에도 몇 번씩 프사가 바뀌는 너

사진은 항상 웃는 낯인데
정작 너는 왜 매일 우는 것 같은지

슬픈 게 당연해서 울어야 할 때 울지도 못한다는
그런 너를 볼 때마다

내가 대신 울어줄 수 있기를
기도하고 또 기도했어

너_몰래_나는_기도했어

우리가 같이 공부를 하던 중
책을 보던 너는 그랬잖아

"세상 모든 포유동물의 심박 수는 15억 번이래!"

느리게 뛰는 코끼리는 오래 살고
빨리 뛰는 생쥐는 금방 죽고
일생에 정해진 심박 수가 15억 번이라며

너는 내게 설명을 했지

"하나 배웠지?"
자랑스레 웃는

너의 얼굴을 보며
나는 생각했어

난 오래 살지는 못하겠구나
하고

니가 예뻐서, 대화가 통해서,
성격이 더럽지만 나에겐 상냥해서
너를 사랑하는 것이 아니라

너를 사랑하는데
니가 예쁘고, 대화가 통하고,
성격은 더럽지만 내게는 상냥한 거야

비록 그 조건들이 너와 나를 가까워지게 했지만
너를 사랑하게 된 지금은 그런 조건과 이유를 떠나
너의 존재 그 자체를 사랑해

니가 항상 내게
왜 자기를 사랑하냐고 묻곤 했지
그리고 난 너에게 대답을 하지 못했고

너를 사랑하는 이유가 생긴다면
그리고 그 이유가 사라진다면
너를 사랑하지 않는다는 말과 동일하다 생각되기에
네게 대답하지 못했어

지금 다시금 내게 묻는다면 똑같이 대답하지 못할 거야
유일하게 해줄 수 있는 말은
그저, 너라서, 너라서 좋은 거야

너라서_좋은_거야

학교를 마치고 집에 와서
음악 프로그램을 틀었어

아빠는 이게 뭐냐며
뉴스 틀라고 하셨지

나랑 동생은 뾰로통한 얼굴로 물었어
"아빠도 예쁜 여자 좋아하지 않아?"

아빠는 말했어
"그러니 니 엄마랑 결혼했지."

만남을 하다 보면 사랑과 별개로
자신의 연인을 타인과 비교할 때가 생기곤 한다

왜 그렇게 비교할까 나한테는 최고인데
그렇게 비교하는 이유가 무얼까 생각을 하다 보면

결국, 남 때문이다
내가 만족하는 것과는 별개로

남에게 보이기 창피하지 않은 남자 친구
남에게 보이기 창피하지 않은 여자 친구

마치 좋은 가방이나 신발마냥
'내가 이렇게나 괜찮고 너희보다 멋지거나 예쁜
돈도 많고 학벌도 좋은 사람을 만난다, 하는

어느새 남에게 보이기 위한 연애가 되어간다
그 사람들과 사귀는 것도 아닌데 주변 사람들의
기준에 맞춰 내 사랑을 재단한다

결국 비교를 하게 되고
예전엔 자연스럽던 그 사람의 모습이
어느새 그 사람의 부족함이 되어버린다

그렇지만 결국 따지고 보면 당신의 연애다
만나도 당신이 만나고, 헤어져도 당신이 헤어지며
슬픔도 행복도 당신의 것이다

남들의 눈은 신경 쓰지 말자
남들이 뭐라건 당신의 만남이니까

자꾸만_비교하게_되는_너에게

아직_못_다한_말이_있어

질투도 사랑이란 걸 그땐 몰랐지
사진 보낼 때마다
"누가 찍어줬어?"
묻던 니가
이제는
"예쁘네."
한마디로 끝내는 걸 보기 전까진

혹시_나_삼각대_산_거_알았니

휴대폰 사러 가서
"생각 좀 해볼게요."
하고 나간 사람이
다시 오는 거 봤어?
너도 똑같아
생각은 왜 해

여: 전히

사: 귀진 않지만

친: 구 이상

남친의_여사친이_싫은_이유

연: 애 할래?

어:

잊은 줄 알았는데 또 생각나
주변에선 떠난 사람 뭐가 좋아서 아직도 그러냐고
뭐가 아쉬워서 그러냐고
이제는 좋은 사람 만나야 한다고 그만 잊으라고 하지만
우리 좋았던 때의 너는 내 기억 속에서 평생 예쁠 것 같아
그래서 그런 거 같아
그때의 너는 나한테 아직도 너무 예뻐
지금 달라졌다고 해서
그때가 다 거짓이 되는 것도 아니니까
그냥 그때의 니가 그리운 거야
시간이 지나 희미해지면
생각은 나도 아프거나 보고 싶진 않겠지

사실 사귈 때도 생각한 건데,
너보다 내가 너를 더 좋아한 거 같아
그땐 그게 서운하고 아쉽고 서럽고 그랬는데
헤어지고 나서 생각해보니 조금 편해졌어
어떻게 둘의 사랑이 똑같은 크기일 수 있겠어
어느 한쪽이 더 꽉 잡을 뿐이지
미련하게도 아직 잡고 있는 나지만
그만큼 내가 너를 더 크게 좋아했었다는
증거니까, 슬퍼하진 않을 거야
넌 나에게 많은 걸 느끼게 해준 사람이니까
호수만 보던 나에게 바다를 보여준 너니까
내가 조금 더 아파해도 괜찮을 거 같아
힘들겠지만 그냥 그게 지금 내 생각이야

시쓰세영

'잊자 잊어' 해서 잊힌다면
애초에 잊지 못할 사람도 아니었을 거야
잊어야 할 사람은 더더욱 아니었을 거고
잊고 싶은 사람이 되지도 않았겠지
많이 그리워하고 많이 아파하고
많이 생각하고 많이 울고
다시 그리워하고, 그렇게 서서히 희미해지면서
웃을 수 있게 된다면 좋겠다
나시 생각해보면 세상에 잊는 게 어디 있겠어
그저, 희미해지는 거겠지

오늘도_그리운_너_보라고_쓰는_이야기

시를 마치며

감정의 일기예보 같은 글이 되었으면 합니다.

2014년 가을 밭에서 고구마를 캐다 심심한 나머지
무심코 써 내려가기 시작했던 일기들이
어느새 3년이 넘어가고
적지 않은 분들이 보는 그런,
개인적이지만 비밀스럽지는 않은 그런 글이 되어버렸습니다.

누구나 한번쯤은 경험했던 그런 일들을,
나의 이야기이지만 너의 이야기이기도 한 그런 것들을
모두와 공유하고 싶었습니다.

어떻게 보면 일기일 수도 시일 수도
혹은 단순한 읊조림일지도 모르겠지만

소주를 잉크 삼아
스쳐 지나가는 감정들을 활자로 표현하고
한마디의 말에도 어떤 것이 더 예쁘고 더 진심으로 와닿는지
고르고 골라가며 쓰려 노력했습니다.

그동안 글을 쓰며 새벽에 차낸 이불이 한두 개가 아닌 만큼
여러분의 마음에 와닿는 그런 글이 되었으면 합니다.

시쓰세영

어차피 너 보라고 쓰는 이야기

2017년 12월 6일 초판 1쇄
글·시쓰세영 │ 일러스트·샴마

펴낸이·김상현, 최세현
책임편집·김형필, 조아라 │ 디자인·임동렬

마케팅·권금숙, 김명래, 양봉호, 최의범, 임지윤, 조히라
경영지원·김현우, 강신우 │ 해외기획·우정민
펴낸곳·팩토리나인 │ 출판신고·2006년 9월 25일 제406-2006-000210호
주소·경기도 파주시 회동길 174 파주출판도시
전화·031-960-4800 │ 팩스·031-960-4806 │ 이메일·info@smpk.kr

ⓒ 시쓰세영(저작권자와 맺은 특약에 따라 검인을 생략합니다)
ISBN 978-89-6570-528-4(03810)

팩토리나인(Factory9)은 독자 여러분의 책에 관한 아이디어와 원고 투고를 설레는 마음으로 기다리고 있습
니다. 책으로 엮기를 원하는 아이디어가 있으신 분은 이메일 book@smpk.kr로 간단한 개요와 취지, 연락처
등을 보내주세요. 머뭇거리지 말고 문을 두드리세요. 길이 열립니다.